LINO DE ALBERGARIA

Ilustrações
SÔNIA MAGALHÃES

DE PARIS, COM AMOR

Obra "Altamente Recomendável para o Jovem", FNLIJ, 1997
Selecionado para o Programa de Bibliotecas das
Escolas Estaduais/GO 2001, para o Programa Bibliotecas Escolares/MG 1998 e
para o programa Fome de Saber, da Faap, que integra a
ação do Governo Federal Quero Ler – Biblioteca para Todos.

8ª edição
Conforme a nova ortografia

Copyright © Lino de Albergaria, 1997

Editora: CLAUDIA ABELING-SZABO

Assistente editorial: NAIR HITOMI KAYO

Suplemento de trabalho: FLORIANA TOSCANO CAVALLETE

Coordenação de revisão: LIVIA MARIA GIORGIO

Gerência de arte: NAIR DE MEDEIROS BARBOSA

Diagramação: EDSEL M. GUIMARÃES

Finalização: MAURO MOREIRA

Produtor gráfico: ROGÉRIO STRELCIUC

Impressão e acabamento: A.R. FERNANDEZ

Dados Internacionais de Catalogação na Publicação (CIP)

Albergaria, Lino de, 1950 —
    De Paris, com amor / Lino de Albergaria;
ilustrações Sônia Magalhães. — 8. ed. — São
Paulo: Saraiva, 2009. — (Jabuti)

    ISBN 978-85-02-02360-4

    1. Literatura infantojuvenil I. Magalhães, Sônia.
II. Título. III. Série.

CDD-028.5

Índices para catálogo sistemático:

1. Literatura infantojuvenil   028.5
2. Literatura juvenil   028.5

10ª tiragem, 2022

SARAIVA Educação S.A.

Avenida das Nações Unidas, 7.221 – Pinheiros
CEP 05425-902 – São Paulo – SP
www.editorasaraiva.com.br

Tel.: (0xx11) 4003-3061
atendimento@aticascipione.com.br

CL: 810079
CAE: 603371

Todos os direitos reservados.

Para Marie Stolinski

Caro Paulo Sérgio,

Você deve ser um cara muito distraído. Senão, já teria prestado atenção em certas coisas ou em certas pessoas. Espero que ache este postal dentro do livro de Matemática. Não é linda esta praia, o mar azul, os coqueiros e esta areia tão lisa e branca? Quem sabe um dia, você também apareça por lá? Foi onde passei as férias, pensando em você. Pena que, provavelmente, você não pensava em mim.

A Ignorada

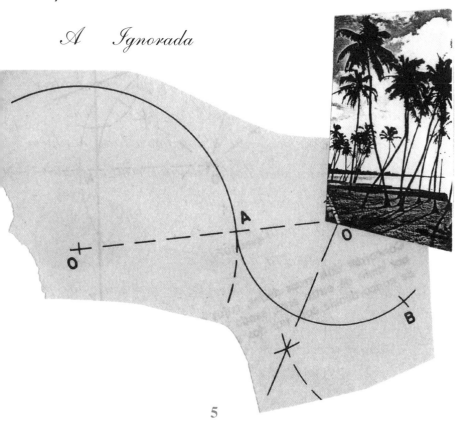

Paulinho,

Acho que posso chamar você assim, com mais intimidade, pelo diminutivo. Já vimos, nas aulas de Português, que o diminutivo é também usado para tornar a linguagem mais afetiva. Está lembrado? Bom, com esta dica, você já pode imaginar que eu frequento a mesma sala que você. Por isso, foi fácil colocar o cartão no livro de Matemática e agora vou tentar novamente, colocando esta cartinha dentro de seu caderno.

Vi com o canto dos olhos quando você achou meu cartão. Esperei que você olhasse em volta, talvez direto para mim. Pensei que você pudesse imaginar quem eu sou. Mas acho que nem imagina, pois você não olhou para lado nenhum. E, de repente, meu postal desapareceu da sua frente. Não percebi se você o guardou. De todo jeito, examinei a lixeira da sala e tenho a certeza, pelo menos, de que você não jogou fora a minha primeira mensagem. Foi o que me animou a enviar esta segunda, agora um pouco maior. Espero que goste deste papel. Escolhi com muito carinho. Adoro esta cor.

Continuo sem saber se você gosta ou não de receber estas coisas que eu escrevo. Então, tive uma ideia. Gostaria que você também me escrevesse. Só que eu não quero me entregar. Pelo menos, até saber se você está ou não a fim de me conhecer melhor. Se quiser, escreva um bilhete, use a beirada de uma página do seu caderno, depois dobre e guarde no fundo de sua carteira. Dou um jeito e apanho. Combinado?

A Ignorada

Ignorada ou quem quer que seja,

Se estiver curtindo com a minha cara, pode ir desistindo. Brincadeira tem hora. Se acha que estou morrendo de curiosidade, já dançou. Nem vou voltar, quando a aula acabar, para flagrar quem mexer na minha carteira. Se você faz tanta questão de ter um pedaço do meu caderno com a minha letra, não custa satisfazer esse desejo. Tudo bem assim?

P

Paulo Sérgio,

Não estou, de modo nenhum, querendo curtir com a sua cara. Mas é verdade que eu estava muito a fim de ter um pedaço de seu caderno, essa beiradinha de papel rasgado, escrita com a sua letra. Ela não é tão bonita, mas é uma letra bem firme e legível. Acho que as pessoas se parecem com suas letras. Você deve ser mesmo firme e claro, pelo que eu conheço de você. E é também um sujeito honesto, pois não voltou para a sala no intervalo nem tentou me surpreender, quando fui buscar o bilhete. Espero que seja o primeiro. Pois basta fazer do mesmo jeito para me escrever. Deixe no mesmo lugar, que eu dou um jeito de buscar. Só peço que continue não sendo curioso. Eu morreria de vergonha, se você me descobrisse.

Você não foi tão receptivo assim, mas pelo menos me deu alguma resposta. Acabo de descobrir que deixei de ser "A Ignorada". Por isso, termino a carta com esta figura que eu vou colar no canto da página. É uma mulher de costas. De costas, porque você ainda não conhece meu rosto. Ou será que tem alguma ideia de quem eu sou?

Ex-Ignorada,

Ou é melhor chamar você de "Mulher sem Rosto"? Não entendi porque tanto interesse em mim. Se você disse que as pessoas se parecem com suas letras, e a minha letra não é bonita, suponho que somos ambos feios: eu e minha letra. Devo concluir que você é linda, pois nunca vi caligrafia tão caprichada. Ou será que você pede a alguém que passe suas cartas e bilhetes a limpo, para que eu não tente reconhecê-la através de sua letra? Mas pode ficar fria, não vou sair por aí, bisbilhotando os cadernos de minhas colegas.

Para que você fique bem alegrinha, vou deixar esta cartinha no mesmo lugar da primeira e juro que não vou voltar de repente só para descobrir o mistério do seu rosto. E para sua alegria virar felicidade, vou entrar mais um pouco na sua e colocar nesta carta a figura de um homem com rosto. Rosto tão feio quanto a sua letra. Fora a corcunda!

Quasímodo

Meu caro Paulinho,

Adorei sua cartinha e até mesmo a sua colagem. Mas me perdoe o mal-entendido. Nunca quis chamar você de feio. E é claro que você não é nenhum "Corcunda de Notre-Dame". Portanto, faça o favor de nunca mais se assinar como Quasímodo! Pensa que não percebi que você quer tirar um sarro da minha cara? E se quer elogios à sua forma física, pode continuar querendo. Não vai ser desta vez que vou confessar as duas ou três coisinhas que eu gosto em você. Mesmo porque não é de beleza que eu ando atrás. Senão era para o Flávio ou para o Gustavo que eu estaria escrevendo neste instante.

Mas estou descobrindo em você algo que eu não imaginava. Primeiro, a sua palavra. Tomei conta direitinho e vi que você até agora não armou nenhuma armadilha para me surpreender. E é tão fácil me surpreender tateando a sua carteira em busca de uma mensagem para mim. E depois, o que me faz mais alegrinha, como você gosta de dizer, ou mais feliz, que é como eu me sinto, é que você também gosta de escrever cartas. Já sabia que você é bom para escrever. O sucesso das suas redações mais que comprova. Mas estou surpresa com sua correspondência. Não esperava, juro, tanto interesse!

Talvez você pense que eu seja exageradamente romântica e até meio ridícula, mas senti uma vontade muito grande de mandar para você uma pétala de flor. Espero que você goste de gerânios.

Eu

Prezada Eu,

Legal seu novo apelido! Como vê, palavra é o que não me falta. Prometo que não vou ficar espiando você mexendo na minha carteira, de jeito nenhum! Também gosto de postais. Que tal este? Ainda não fui lá e acho que não vai dar nem nas próximas férias. Paris é longe e caro pra dedéu. Mas tenho certeza de que você também acha o rio Sena o maior charme.

Reli o seu postal e me intrigou as "certas coisas" em que não presto atenção. As "certas pessoas" é assim mesmo no plural, ou era só modo de dizer? Ou será que você é mais de uma e continua querendo me fazer de bobo? Sabe que eu também gosto da cor do papel de suas cartas? É lilás ou violeta? Quanto ao gerânio, fere meus princípios ecológicos essa mania de destruir uma flor só para enfeitar uma carta. Já que tomei a liberdade de falar do que não gosto, também não curto o tal "Paulinho". Prefiro Paulo Sérgio mesmo, embora tenha gente que não goste da combinação e ache que bastaria Paulo ou então Sérgio.

Puxa, preenchi o verso do postal todinho. Quem diria, hein?

Até mais!

P

Meu caro Paulo Sérgio,

Gostei demais do postal. Paris deve ser mesmo uma cidade linda. Esta ponte sobre o rio Sena é fantástica, romântica à beça. Será que você também é um cara romântico ou este era o único postal disponível? Não acredito muito no acaso e gosto de decifrar o simbolismo das coisas. Então, acho que você queria me dizer algo quando me enviou a fotografia de uma ponte. E responder meus bilhetes e minhas cartas é bem isso: criar uma ponte entre a gente!

E já que sua curiosidade começa a se manifestar, tenho o maior prazer em satisfazê-la. Vamos lá? Primeiro, digo e repito que não quero fazer você de bobo. Nunca! Eu sou uma só. Não existe curtição de grupo de garotas para cima de você, não. Pode ficar sossegado. Certas pessoas é um modo de expressão, assim como certas coisas. Na verdade, são dois modos de dizer "eu".

Segundo, minhas cartas eram lilases, mas esta é violeta. Mudei a cor do papel para que você distinga bem uma nuance da outra. Lilás, violeta, gerânio... são sempre flores. Sinto muito por ter ferido sua consciência ecológica ao lhe mandar uma pétala de gerânio. Desta vez mando uma violeta inteira. Mas, calma, eu não a matei, apenas recolhi a flor que já havia caído. Ela é tão diferente da cor deste papel. É uma violeta branca! Mas eu não estou querendo confundir você, Paulo Sérgio.

Juro que nunca mais vou chamar você de Paulinho, já que não gosta. Talvez, à primeira vista, Paulo e Sérgio juntos não combinem. Mas eu gosto, porque é o seu nome! Sérgio, Paulo, Paulo Sérgio, me diga, o que a gente poderia estar fazendo sobre esta ponte, lá em Paris?

Será que você é capaz de sonhar como eu?

M

Prezada M,

Se a gente estivesse naquela ponte, estaria com certeza atravessando para o outro lado do Sena. Dá para uma ilha, onde existe uma igreja muito velha e famosa. O seu nome é "Notre-Dame", que quer dizer Nossa Senhora. E sabe quem andou por lá? Um certo corcunda, chamado Quasímodo.

Não sei como é que seria a letra de Quasímodo, nem sei se costumava escrever ou sabia ler. Prezada M, cara M, este seu novo nome é só uma letra, ou quer dizer "Mulher sem Rosto", outra vez? Sabe que a gente ia fazer o maior sucesso atravessando o "Petit Pont", que quer dizer ponte pequena? Imagine Quasímodo, com sua corcunda, acompanhado de uma mulher sem face. Ela tem corpo, tem roupas, tem cabelos. Mas a cara é vazia, um buraco cheio de ar. E ainda tem o hábito de despetalar violetas e gerânios e ir jogando na corrente do rio as pétalas das pobres flores.

Dentro de um postal, em um lugar aonde eu nunca fui, com alguém que não tem coragem de dizer quem é, eu só posso imaginar absurdos. Ou você acha que eu devia estar vestido de turista, fotografando seu sorriso, seus olhos, seu rosto, tendo ao fundo as cores acinzentadas de Paris?

Paulo Sérgio

Caro Paulo,

Você me demonstrou que é um cara muito mais romântico do que eu imaginava. Afinal, quem gosta tanto de Paris e conhece tantos detalhes da cidade, só pode ser romântico. E também gosta do mistério da mulher sem rosto. Fora a imaginação que você tem! Mas eu não queria me referir mais àquela colagem de uma de minhas primeiras cartas. Aliás, quem me batizou de "Mulher sem Rosto" foi você mesmo. M é a primeira letra do meu nome. É um jeito de tirar um pouco do meu mistério, mesmo havendo um tanto de meninas na nossa sala cujo nome começa com essa letra.

Sabe que eu gostei do passeio por Paris e até do seu disfarce de Corcunda? Pode se fantasiar de feio à vontade. Já disse que você não é tão explicitamente bonito como o Gustavo ou o Flávio. Mas você não consegue imaginar por que eu comecei a escrever para você? Não deixe de responder a essa pergunta, quando me escrever.

 Eu achei em uma revista várias fotografias de Paris. Estou colando as de que eu mais gostei nas margens desta carta. Queria que fizessem parte de nosso passeio. Gostei deste palácio chamado Louvre e deste jardim chamado "Tuileries". Ficam perto de Notre-Dame? Você pode me levar até lá? Vou usar um véu para encobrir o vazio do meu rosto. Vou bordar no meu véu a letra M.

 Com carinho,

 Eu

Cara Maristela,

Achei um barato o seu véu bordado com a inicial de seu nome. Respondendo rapidinho à sua questão, não devo lhe parecer tão feio. Devo ser quase tão bonito quanto o Gustavo ou o Flávio, certo?

Tenho a impressão de que a revista que você andou recortando tinha algum mapa de Paris. Pois consultei o meu, que é um brinde de uma loja chamada "Galeries Lafayette" e que você pode conseguir em qualquer agência de turismo e verifiquei que o Louvre e o jardim das Tulherias ("Tuileries" em francês) ficam pertinho de Notre-Dame. Você deixa a ilha por uma outra ponte e passa para o lado de lá. Pode ser pelo Pont Notre-Dame, pelo Pont Au Change ou pelo Pont Neuf (ponte em francês é masculino). Já que somos tão românticos, sugiro o Pont Neuf, que é até nome de filme. Um filme de amor entre mendigos que dormiam nessa ponte. Em Paris, até os mendigos são românticos, quem diria. Daí a gente chegava primeiro no Louvre. Foi realmente um palácio, onde viviam os reis e suas rainhas, mas hoje é um museu, talvez o mais famoso do mundo. Dentro dele, estão esculturas e pinturas muito conhecidas. Eu levaria a "Mulher sem Rosto" para conhecer a mulher sem braços, Vênus de Milo. Depois, claro, iríamos parar um tempão diante do rosto mais misterioso do mundo. Uma certa Mona Lisa ou Gioconda, quadro de Leonardo da Vinci.

Daí, então, a gente sairia para os jardins, que ficam bem atrás do museu. A gente entraria por um arco do triunfo, que não é o maior, que fica bem depois do final das Tulherias, mas um outro, menor, chamado "Arc du Carrousel". Nos jardins, tenho a impressão de que você não vai encontrar gerânios nem violetas, mas deve haver outras flores. Cuidado para não arrancá-las. Algum guarda poderá vir correndo atrás de nós, soprando um apito acusador.

A gente pode ficar por aqui, feito uma imagem de vídeo congelada, correndo de um guarda no jardim das Tulherias. Você tem alguma ideia de onde a gente poderia se esconder?

Paulo Sérgio

Paulo Sérgio!

Não que eu tenha algo contra a Maristela, mas não quero emprestar nem meu nome nem meu rosto para ela. Não é possível que você nos confunda! Não percebeu que ela não tem o meu estilo? Será que você está só tentando adivinhar quem é que lhe escreve? Ou você tem algum interesse na Maristela e bem que gostaria que fosse ela que estivesse passeando com você pelos jardins perto do Louvre?

Pois pode se esquecer dela, se for o caso. Quem está lá com você sou eu, eu! Você ainda não sabe meu nome e nem adivinha o rosto por trás do véu bordado com a letra M. E eu vou descongelar agora a imagem de nós dois fugindo do guarda. Somos mais rápidos do que ele. O sujeito tropeçou e engoliu o apito, pronto! E a gente escapou por um portão lateral.

Sabe onde estamos? Numa rua chamada Rivoli, "rue de Rivoli". Pois eu também sou esperta e consegui um mapa de

Paris, seguindo sua orientação de procurá-lo numa agência de turismo. Não deve ser igual ao seu, porque é de outra loja, que fica justamente na Rivoli. E agora estou perdida. Não sei o que mais existe nessa rua, além de lojas, com certeza. Nas proximidades, há um punhado de hotéis. É isso que o mapa mostra... E aí? Vamos para algum hotel? Entramos na loja? Mas eu preferia caminhar pela cidade. Deixa ver. Se seguir pela esquerda, vamos dar numa praça. Chama-se Concorde. E nela existe o desenho de um obelisco, pelo menos está marcado no mapa. Vamos dar uma olhada?

Acho que sou uma turista insegura. Não tenho certeza dos meus passos. É preciso que você volte a me guiar. Afinal, foi você quem me trouxe até aqui. Apenas entrei dentro do seu postal.

M

Minha cara Mônica,

Quer dizer que você gostou do passeio em Paris? E detestou ser confundida com a Maristela? Mas pode ficar calminha, a Maristela não significa nada demais para mim, se bem que tem as pernas mais famosas da nossa turma... Só que pernas não são tudo na vida, concorda? Pensando bem, Mônica, seus olhos azuis são mais interessantes. Ou será que são verdes? Nunca consegui definir bem a cor. Acho que mudam conforme a luz ou o seu estado de espírito.

Pois, então, nós estamos na Place de la Concorde, depois de deixar as Tulherias pela rua de Rivoli... Ainda bem que consegui um guia de Paris! O tal obelisco é um egípcio autêntico, da época dos faraós, e tem um par idêntico na cidade de Luxor, à margem do rio Nilo. Podemos também voltar ao Louvre e visitar a seção egípcia. O que você acha? Ou seguimos em frente, pela avenida dos Campos Elíseos, ou dos "Champs Elysées", de onde a gente já pode ver, ao fundo, o outro Arco do Triunfo, o tal maior?

Pense bem, Moniquinha, para onde você quer ir? Ou está cansada e quer voltar aos jardins, para a gente se sentar em algum banco? E, enquanto descansamos, eu vou poder mergulhar no mistério dos seus olhos. Voar ao céu, se forem azuis. Mergulhar no mar, se forem verdes.

Seu,

Paulo Sérgio

Senhor Paulo Sérgio,

Não estou conseguindo entender qual é a sua! Vai tentar adivinhar quem eu sou, escrevendo para cada menina com nome começado em M? E como você é saidinho, hein? Além de ficar de olho nas pernas da Maristela, está a fim de decifrar a cor exata dos olhos da Mônica. Sei lá se são azuis ou verdes. Não seriam roxos? E olha que roxo é bem diferente de lilás ou violeta.

Sabe que eu até fiquei com vontade de desistir? De voltar para o hotel e fazer minhas malas, correr para o aeroporto e abandonar você em Paris, sentado num banco de jardim. Tomara que aquele guarda reconheça você e o leve para a Bastilha e passe uma noite inteira apitando dentro do seu ouvido!

Paulo Sérgio, se quiser que eu continue com nossa correspondência, não me irrite mais. Se é ciúme porque falei da beleza do Gustavo e do Flávio, saiba que eu não estou nem um pouco interessada em peitos e coxas fabricados com muita malhação e horas e horas de musculação. O tempo que esses caras perdem suando e se olhando no espelho é claro que impede que saibam alguma coisa a mais de Paris, a não ser a Torre Eiffel. De minha parte, não gosto muito de ferragens e não faço a menor questão de conhecê-la, Paulinho... Ah, desculpe, você não gosta desta intimidade.

Mas, mesmo assim, vou confessar que gosto muito das covinhas que aparecem em volta da sua boca toda vez que você sorri. E o timbre da sua voz é pura música. Você tem a voz mais bonita da nossa classe, sabia? Não vou terminar com um "sua", pois não gostei do "seu", com que se despediu da Mônica.

Até mais,

M

Misteriosíssima M,

Não me guilhotine, não me mande para a Bastilha! Ou melhor, venha comigo até lá. Pois a prisão não existe mais. Foi ao chão, para acabar com as lembranças tétricas dos tempos do Terror revolucionário! Legal o meu guia, não? Agora, na Place de la Bastille, existe a construção moderna de um teatro especializado em óperas. É a Ópera da Bastilha.

Como a gente chega lá? Bom. Existe uma estação de metrô chamada Concorde e outra Bastille. Deve haver alguma linha de ônibus. Mas a gente está curtindo mesmo é andar a pé. Pois então, vamos fazer uma meia-volta, retomar a rua de Rivoli e caminhar até seu final. Ela vai dar numa rua bastante curta chamada Saint-Antoine. E esta rua vai acabar justamente na praça da Bastilha. Só que eu proponho a você um desvio. Vem comigo. A gente dobra à esquerda. Há uma ruazinha estreita, cujo nome nem dá para ler no mapa. Mas ela vai cair numa praça. É a Place des Vosges. É quadrada, tem jardins cercados por uma grade. Em volta dela todas

as construções são iguais e a gente caminha pela calçada através de arcos. Quero que você conheça um museu. Foi lá que viveu um escritor. Seu nome é Victor Hugo. Nada mais, nada menos que o pai de Quasímodo, pois foi ele quem criou o Corcunda de Notre-Dame!

E então? Você vem comigo conhecer a Place des Vosges? Desiste de me condenar à masmorra? É claro, Misteriosa, que você nunca seria a Mônica nem a Maristela. E você sabe muito bem por quê!

Estou te aguardando diante da casa do escritor!

Sempre seu,

Paulo

Paulo Sérgio,

Então, agora, você é "sempre meu"? Lógico que eu sei muitíssimo bem que eu não sou nem a Mônica nem a Maristela. Mas, por favor, me explique, com todos os detalhes como é que VOCÊ chegou a esta conclusão!

Enquanto isso, vamos voltar ao nosso passeio. Concordo em visitar a casa onde viveu o senhor Victor Hugo. Já vi retrato dele. Lembra o nosso imperador Pedro II, pelas barbas brancas. Também escreveu "Os Miseráveis". Pois vamos ver a escrivaninha em que um dia ele, muito inspirado, imaginou Quasímodo. E também a Esmeralda, a cigana que contracena com o Corcunda. Só não quero que você me chame de Esmeralda, porque não estou contracenando com nenhum monstro. Monstro não costuma ter covinhas nem uma voz tão bonita quanto a sua, certo?

Imagino que a Place des Vosges deva ser linda, com suas arcadas e o conjunto de suas casas. Mas já que tem um jardim, que tal, depois de ter visitado o museu, atravessarmos o seu gradil e procurarmos um banco onde possamos nos sentar? Quero descansar um pouco, antes que você me leve até a Bastilha. É tempo de a gente conversar mais. Assuntos pessoais. Aliás, você está me devendo uma explicação. Por que eu não sou nem a Mônica nem a Maristela?

Sua,

Misteriosíssima

Minha Misteriosíssima,

Já que não sou Quasímodo, você também não será Esmeralda. Espero que tenha gostado da casa do escritor. Então, já estamos os dois sentadinhos num banco da Place des Vosges. Um olhando para o outro. Você examinando minhas covinhas. Parece que este é o meu grande encanto. Além da minha voz.

Também estou olhando para você e vou enumerar em detalhes por que a minha Misteriosa não é nem Mônica nem Maristela. Primeiro, nenhuma delas é capaz de escrever as cartas que você escreve. Nem de sonhar ou ser tão delicada. Embora, às vezes, meio ciumenta demais...

Apesar das pernas ou dos olhos azuis, nenhuma delas costuma tirar 100 nas redações. Não seriam ao mesmo tempo tímidas e corajosas como você, me procurando, mas com medo de se revelar. Provavelmente achariam muito esquisito mergulhar comigo nesta viagem de mapas e postais por um lugar que a gente só conhece por muita vontade e ajuda da imaginação.

Ninguém mais caminha como você, olhando para o chão, o cabelo cobrindo o rosto. Por isso é a "Mulher sem Rosto", a "Misteriosíssima". Se você gosta da minha voz, gosto do seu andar. Se minhas covinhas chamam sua atenção, sou vidrado numa mecha rebelde de cabelo, que vive caindo sobre seu olho esquerdo.

E aí, Misteriosa? Vamos para a Bastilha, ou você ainda tem coisas a me dizer no banco desta praça?

Seu,

Paulo Sérgio

Paulo Sérgio,

Você está apenas tentando outro jogo de adivinhação ou sabe mesmo quem eu sou?

Misteriosíssima,

O que aconteceu? Por que um bilhete tão curto e sem nenhuma assinatura? O que você quer? Parar a brincadeira? Você estava gostando tanto, Melissa.

Sempre soube que você não era a Maristela ou a Mônica. Sempre soube que você era você. Quem mais na nossa sala para usar um enfeite lilás na roupa ou no cabelo? Quem é, mais que você, que gosta tanto de escrever ou de ler? Bom, estou me colocando de fora. Você sabe que eu gosto tanto quanto.

Nunca espiei, Melissa, para surpreender você buscando meus bilhetes. Para quê? Desde o começo eu sabia. Às vezes, você sacode os cabelos e seus dois olhos ficam desimpedidos para olhar. E já vi como você me olhava. Só não entendo como é que você prestava atenção na minha boca e na minha voz, mas não nos meus olhos. Ia perceber que mais de uma vez demorei meu olhar em você. E mesmo antes de receber aquele postal da praia. Aliás, ele já entregava quem você era. Quem mais voltou das férias tão bronzeada? Acha que eu não percebi sua pele morena ainda mais realçada?

Vai, Melissa, continue dentro de nosso passeio. Estou me sentindo sozinho no banco de um jardim. Para onde você escapuliu?

Paulo

Melissa,

Não estou entendendo. Você não apareceu na escola no dia seguinte ao meu último bilhete. Ontem, você voltou, mas nem por um momento olhou em minha direção. Esperei cada um dos intervalos para que, na volta, encontrasse alguma mensagem sua. Nada. Hoje, antes que recomece a minha expectativa, estou lhe escrevendo, já na primeira aula. E não vou aguardar que você venha buscar esta carta, como sempre fez. Sou eu que vou deixá-la na sua carteira, entre os seus cadernos.

Só espero que aquele meu receio do começo não se confirme: o de que, no fundo, tudo não passou de uma brincadeira de sua parte. Você me fez ir longe, Melissa, atravessar um oceano, descer em uma cidade desconhecida, me guiando por um mapa e por um livro. Um livro que diz que esta é uma cidade muito antiga, com mais de dois mil anos. Paris nasceu nas ilhas do rio Sena. Então vou voltar à Ile de la Cité, onde fica a igreja de Notre-Dame. Esta ilha é o berço da cidade, mais tarde conquistada pelos romanos que a chamaram Lutécia. Foi só na Idade Média que começaram a construir Notre-Dame, trabalho que durou séculos. Pois vou subir até uma de suas torres, como um Quasímodo. E olharei para a cidade, com seu rio e suas sete colinas. O Sena dividindo Paris entre suas margens: "rive droite" e "rive gauche", ou o lado direito e o lado esquerdo.

Não saio daqui, Melissa, enquanto você não aparecer. A cada minuto, olharei na direção

da rua d'Arcole. Algo me diz que você estará chegando à ilha pela ponte Arcole, tendo caminhado pela rua de Rivoli, até a praça do Hôtel de Ville, que não é nenhum hotel, mas o suntuoso prédio da prefeitura de Paris. E logo que avistar você, minha Misteriosa, ainda olhando para o chão, o cabelo escondendo seu olho esquerdo, vou tocar os sinos de Notre-Dame. Farei o maior escândalo, só para comemorar o nosso reencontro.

Seu,

Paulo Sérgio

Paulo Sérgio,

Se você sempre soube quem eu era, por que agiu como se não soubesse? O tempo todo você gozou da minha cara, fingindo pensar que era eu quem brincava com você. Achando que eu era muitas, ou me chamando pelo nome de outras meninas. Aliás, elas têm olhos e pernas bonitos. Eu sou apenas um cabelo escondendo o olho e um jeito de andar, olhando para o chão. Como você queria que eu me sentisse, cara? O dia em que faltei à aula foi de tanta vergonha. Não tenho coragem de encarar você.

Melissa

Minha cara Melissa,

Que bom receber seu bilhete! Mas acho que você está me entendendo mal. Nunca tirei sarro de você. Entrei no seu jogo. Você sabia muito bem quem eu era. Eu, na verdade, desconfiava que era você. No começo não tinha certeza. Aos poucos, fui confirmando o que eu suspeitava. Era seu jeito de escrever, as cores do papel das cartas, que eram as suas cores pessoais... Mônica e Maristela foram a minha resposta às suas provocações, aos elogios a Gustavo e a Flávio. Enfim, tudo o que eu fiz foi entrar na sua.

Sabe por que eu gosto do seu jeito de andar olhando o chão? É uma coisa tão sua, tão íntima. Parece que você quer distância do mundo, fechada nos seus sonhos. Mas seu andar tem um ritmo tão gostoso e é sensual à beça. O olho escondido atrás do cabelo resguarda você ainda mais. É timidez, por um lado, é mistério, pelo outro. Sei (afinal somos colegas de sala) como você é tímida.

Por isso me surpreendi com a sua coragem de me escrever e me enredar nesse jogo.

Não pare agora. Vamos continuar. Continuo aguardando você na torre de Notre-Dame; quero te ver chegando, com um vaso de violetas ou de gerânios. Se você ainda precisa dele, use seu véu, Melissa. Juro que não vou puxá-lo. Você só vai tirar com suas próprias mãos na hora em que você achar que deve.

Sempre seu,

Paulo

Cara Melissa,

Continuo no mesmo lugar, esperando você. Do alto desta torre, me tornando a cada instante mais curvo e mais corcunda, de tanto que me inclino, aguardando sua vinda.

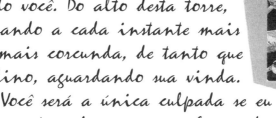

Você será a única culpada se eu me transformar num horrendo Quasímodo!

Melissa, nem durante as aulas você tem olhado para mim! Acho que surpreendi uma ou duas vezes um meio movimento de seu rosto na minha direção. Só que você se arrependeu rápido demais. E eu fiquei esperando, Melissa, sem prestar atenção na aula, sem prestar atenção em nada. Se não quiser me olhar ainda, pelo menos me escreva.

Ainda e sempre seu,

Paulo

Melissa,

Se você soubesse como é triste e aflitivo esperar por alguém que não chega nunca! Com certeza, se você soubesse, não me trataria assim.

Acabo de desistir, Misteriosa, dessa vida de Corcunda. Desci um a um cada degrau que me prendia a essa torre. Acho que preciso um pouco de chão. Por isso me misturo à multidão em Paris e caminho, solitário, sem enxergar o rosto de ninguém.

Atravessei a ilha, até seu outro extremo. Sabe onde estou? Sobre o Pont Neuf. Vejo passar um barco carregado de turistas. As pessoas acenam para mim, mas eu não retribuo. Só consigo olhar para as águas do rio Sena. A corrente do rio me hipnotiza. Eu vou me jogar, Melissa. Vou desaparecer no fundo deste rio. Já que você quer assim, nunca mais vai saber de mim!

Paulo Sérgio

Paulo,

Por favor, não faça isso! Não se jogue no rio!

Melissa

Melissa,

Está bem, não vou saltar mais. Suponho que você me puxou, me trouxe de volta, me salvou. E agora, menina, o que é que eu vou fazer?

Paulo

Paulo,

Você vem comigo. Vamos nos afastar deste rio. Ele deve ser bonito. Eu até gostaria de estar entre os turistas do barco. Mas agora ele me assusta. Vamos atravessar para o outro lado da ilha. Vamos indo pela rua... vejamos, onde está meu mapa? Pela rua Dauphine. Esta é a margem esquerda ou a margem direita? Vamos pegar à esquerda, por uma ruela torta. O nome é rua de Buci. Daí a gente chega numa avenidona. Chama-se "boulevard Saint-Germain". Se continuarmos à esquerda, há outra igreja. Mas, chega de igrejas, por enquanto. Proponho que a gente vá pela direita. Deve ter muita gente nessa avenida. O que há para se fazer? O que está escrito no seu guia?

Melissa

Melissa,

Está bem, aceito que você me dê a mão e me conduza por Paris, assim ao léu. A gente acaba de atravessar para a rive gauche e está no Quartier Latin, pertinho da Sorbonne. Este ainda é o bairro dos universitários, e a Sorbonne, desde a Idade Média, é conhecida como o centro universitário de Paris.

A igreja que você não quis conhecer é a mais antiga da cidade e se chama "Saint-Germain-des-Prés". Sabe o que há no boulevard? Cafés, vários, os famosos cafés parisienses. Como, por exemplo, o "Café de Flore" ou o "Aux Deux-Magots". Vamos entrar em um? A gente descansa, sonda o ambiente, conversa um pouco. Você quer?

Paulo

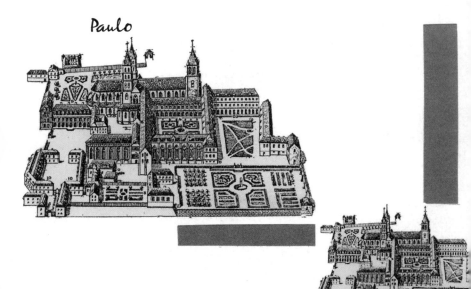

Paulo Sérgio,

Prefiro o Café de Flore. O nome, além de mais fácil, me lembra as flores que eu curto tanto. Acho que cheguei meio depressa; não trouxe comigo nenhuma violeta. Tive medo de que você se jogasse no rio. Ou melhor, entendi que você não ia mais me escrever. E aí, Paulo?

Estamos sentados numa mesa de café, um diante do outro. Mas mal tenho coragem de olhar para você. Não consigo dizer nada. Você deve perceber, entretanto, que eu gosto de estar em Paris com você. O que se faz num local desses? A gente pede mesmo um café? Eu prefiro chá. Pode ser? Um simples chá preto. Não sei ser sofisticada. Ouvi dizer que lá não usam açucareiros como aqui. Que servem o açúcar em torrões. Então, quero um chá com dois torrões de açúcar. E vou fingir que estou examinando os outros clientes ou mesmo as pessoas que passam lá fora, pelo boulevard Saint-Germain. À espera de que você me diga alguma coisa e me tire deste embaraço. Ou a timidez vai fazer com que eu engasgue com meu chá.

Melissa

Melissa,

Vou acompanhar você e pedir também um chá, mas vou usar só um torrão de açúcar. Para quebrar seu embaraço, vou fazer um comentário ou outro sobre os clientes. Com certeza, são todos bastante elegantes. Mas entre as francesinhas do Café de Flore, não consigo achar nenhuma tão interessante como você, "Misteriosa". Sabe que ainda sinto o calor de sua mão pressionando a minha? Lembra como chegamos aqui, de mãos dadas, você me puxando, desde o Pont Neuf? Pois acho que minha mão está com saudade da sua e vou puxá-la e envolvê-la entre as minhas e ficar assim por um momento, olhando nos seus olhos. Depois, então, vou dizer que eu também estou gostando demais, aliás, estou adorando a sua companhia em Paris.

Que tal o chá, Melissa? Ele veio da China, sabia? Viajou tanto quanto nós dois para chegar até aqui e agora participa de nosso encontro.

Com sua outra mão, você está levando a xícara até os lábios, e o movimento que você faz é tão bonito, tão sensual quanto seu jeito de andar. Principalmente no momento em que seus lábios encontram a borda da xícara. Eu não resisto e trago a mão que eu seguro até meus próprios lábios. Beijo sua mão, Melissa, e este é o nosso primeiro beijo. Tão delicado como o seu jeito tímido e embaraçado de estar comigo e não saber o que dizer.

Seu,

Paulo Sérgio

Paulo Sérgio,

Você está me deixando ainda mais embaraçada. Quem escreveu que eu estava puxando você pela mão, desde que o tirei daquela ponte, foi você e não eu. E agora, esta história de pegar na mão e desse primeiro beijo no Café de Flore... Olha, fiquei vermelha na hora e até derramei o chá. Aliás, ele estava bem quente, muito quente, Paulo Sérgio, e sabe onde é que ele caiu? Na sua mãozinha, Paulinho, mãozinha boba, querendo apertar a minha! Você até deu um gemido. Doeu e você se assustou também. Bem feito! Foi um acidente, eu não fiz de propósito, mas valeu, para você não chegar com tanta sede ao pote. Não sei se na França assédio sexual é crime, como nos Estados Unidos. Cuidado! Está lembrado daquele guarda nas Tulherias? Pois ele está com você atravessado na garganta, desde que, por sua causa, engoliu o apito.

Como não sou má, não vou fazer nenhuma denúncia. Vou ser até gentil e lhe emprestar meu lencinho. Um violeta, com um M lilás bordado. É para que você enxugue a mão molhada. Depois que me devolver o lenço, aconselho que você guarde a mão no bolso. É mais seguro, sabia?

Sua,

Melissa

Minha Melissa,

Só estou chamando você de minha porque me autorizou, nesta última carta, quando colocou um "sua" antes de sua assinatura. Obrigado pelo lenço violeta com sua linda inicial bordada. Com certeza, ele secou minha mão e aplacou o ardor da queimadura. Claro que você não fez de propósito. A culpa é minha, lógico, pelo beijo fora de hora. Mas senti que você já me perdoou. Eu não me esqueci da promessa. Quem vai tirar o véu é você. Quem vai me mostrar seu rosto é você. Quem vai dar o próximo beijo é você, Melissa. Eu juro que não chamo o guarda, quando você decidir me beijar. Mesmo porque, acho que os franceses veem o amor com outros olhos, diferente de como veem os americanos. Não estão a fim de processar ninguém que os ache interessantes. E de você, estou achando que, no fundo, é puro feminismo seu para que eu não tome a iniciativa.

Afinal, é você quem gosta de começar tudo. Quem é que resolveu começar esta história, hein, "Ignorada", "M", "Mulher sem Rosto"?

Guarde seu lenço. Adorei o perfume dele. Mas junto dele você vai guardar outro beijo meu. Faço questão de beijar seu lenço antes de entregá-lo a você. Outro chá, minha querida?

Também seu,

Paulo Sérgio

Caro Paulo Sérgio,

Antes de tudo, obrigada pelo chá e pela companhia. Já descansamos o bastante, e Paris nos espera, não é verdade? Está uma bela tarde de primavera e devemos aproveitar todas as delícias desta cidade. Voltamos ao boulevard? Você gostaria de conhecer aquela igreja, a tal antiga, ainda mais antiga que Notre-Dame? O que seu guia conta sobre ela? Damos uma espiada? Depois, se não se importa, gostaria de caminhar de novo perto do Sena. De preferência, não voltar à Île de la Cité, depois do que aconteceu com você naquela ponte. Aliás, ponte é o que não falta em Paris. No meu mapa, já encontrei dezenas. Que tal observarmos mais algumas enquanto caminhamos ao longo do rio?

Melissa

Minha Melissa,

Lá vamos nós de novo. Você outra vez vestida com seu véu, mergulhada no seu mistério. Usando luvas, também, para resguardar suas mãos do meu toque. Talvez, se tomarmos uma carruagem e nossa viagem passar a atravessar também o tempo, tudo se tornará mais adequado ao seu comportamento. Paris se presta a esta aventura temporal. É um cenário histórico. Saint-Germain-des-Prés, por exemplo, é uma igreja de estilo românico, anterior ao gótico de Notre-Dame. Assim informa meu guia. Não é tão grande nem tão importante. Mas deve valer a espiada. Afinal, as igrejas antigas sempre têm uma atmosfera respeitável. São sempre escuras e de uma beleza triste, ressaltada pelas velas acesas, ardendo pedidos e promessas. Imagino que no momento de nossa visita haja um órgão tocando. Uma daquelas músicas de igreja, com um coro de monges.

A gente sai de lá a pé, como você quer. Vamos esquecer a carruagem. Para voltarmos ao Sena, basta seguir pela rua Bonaparte. É o sobrenome de Napoleão, lembra-se?

Sabe que à beira do Sena existem bancas de vendedores de livros, uma atrás da outra? São geralmente livros usados, mas você também encontra cartazes e cartões-postais. Vou lhe comprar um de Saint-Germain, uma vista do boulevard, com a igreja e os cafés, para você recordar nosso primeiro beijo, tão tímido e romântico — e para eu me lembrar do desagradável acidente com o chá que me queimou a mão. Estou mesmo com a mão no bolso, pois ela ainda me arde.

Estamos caminhando pelo cais do Sena. Ele vai mudando de nome a cada trecho. Onde chegamos é o "quai" Malaquais, à direita, e o "quai" Voltaire, à esquerda. Você quer conhecer as pontes. Vamos pelo Voltaire. A gente passa pelo Pont du Carrousel e pelo Pont Royal e agora já está no "quai" Anatole France. Malaquais, eu não tenho ideia de quem seja. Voltaire e Anatole France são escritores como Victor Hugo. Paris deve ter abrigado muitos escritores e com certeza ainda os ama, pois tantos são nomes de rua.

Do outro lado do rio, além das pontes, as laterais do Louvre, cada ala de um tempo diferente, pois a construção foi sendo ampliada através dos séculos. E sabe aonde viemos parar? Diante do Museu d'Orsay. Se entrarmos, vamos encontrar a Paris dos pintores. Aqui, podemos encontrar as belas obras de Gauguin, Van Gogh, Renoir, Monet, por exemplo. Esta é, sem dúvida, a cidade de todas as artes. Damos uma olhada? Espero pelo que você decidir.

Seu,

Paulo Sérgio

Caro Paulo,

Que bom que você devolveu meu véu e ainda me presenteou com este belo par de luvas. É do mesmo tecido do véu, não? Lilás e transparente. Muito obrigada, você é muito gentil. É por coisas assim que adoro a sua companhia. Nunca vou me esquecer da visão do interior da igreja de Saint-Germain. Sabe que eu também acendi uma vela? Só não posso lhe contar qual foi o meu pedido. Fiquei arrepiada com a música do órgão e o canto dos monges. Esta é uma cidade mágica. Cada casa parece contar um pedaço da História. Cada rua, cada pedaço de chão. Nossos passos vão ecoando pela memória de tantas personalidades e ainda por tantas páginas escritas por cada um desses homens. Com certeza, nas bancas dos sebos, encontraremos alguns de seus livros. Pena... eu não leio francês. Mas também comprarei para você um postal. Será um do Louvre, onde você me fez conhecer a Mona Lisa, o rosto cheio de mistérios.

Entrei com você no outro museu e quero que você me leve para ver as pinturas de Van Gogh.

Sei que ele não era francês, era da Holanda, mas, como nós dois, veio parar aqui. Adoro os girassóis que ele pintou. Como um grande artista que foi, deve ter sido um grande sonhador. Assim como você, Paulo Sérgio, que está me fazendo viver dentro de sua imaginação. Paris fica ainda mais bela, mostrada por você.

Sua,

Melissa

Minha Melissa,

A gente voltou a se entender e isso é ótimo. Mas esta viagem não é unicamente o meu sonho, a minha imaginação. Estamos sonhando e imaginando juntos. Muitas vezes é você quem me conduz. Eu apenas tenho o guia, que me fornece as informações mais concretas. O resto é a nossa vontade de estarmos juntos, explorando uma cidade desconhecida. E então? Decida você. O que faremos agora?

Todo seu,

Paulo

Paulo Sérgio,

Você me deixa numa situação difícil. Escolher, decidir... Eu não tenho um guia de Paris como você. Apenas um mapa, cheio de ruas e com a indicação dos pontos importantes da cidade... Vou tentar. Abro o mapa. Paris é uma mancha arredondada, riscada de ruas tortas, atravessada por uma linha azul e curva, que é o rio Sena. Há vários pedacinhos verdes: são jardins, cemitérios. E, nos dois extremos, dois pedações de verde: são dois bosques. O da direita, menor, chama-se Vincennes. O da esquerda, Boulogne. Mas aonde eu quero ir? Você comentou que a cidade se caracteriza por um rio e sete colinas. Só que não dá para achar uma colina neste mapa em que tudo é plano. Senti vontade de subir, Paulo. Quero ir a algum lugar alto. Que não seja a torre de Notre-Dame. Nem a Torre Eiffel. Mas tenho medo de me cansar de uma subida a pé. No verso de meu mapa, tem um outro. A mesma mancha arredondada, agora sem as ruas. Toda atravessada de linhas coloridas, *algumas pontilhadas, além, é claro, da linha azul do rio curvo. É o mapa do metrô.*

O que eu decido é isto: vamos entrar no metrô. Com certeza, ele nos levará a alguma das colinas de Paris. Eu escolhi, uma escolha ainda vaga. Você completa a minha escolha, estabelece o itinerário. Assim, a gente imagina e sonha juntos.

Melissa

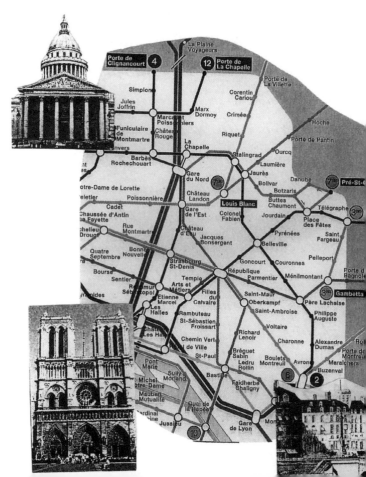

Melissa, companheira dos meus sonhos,

Você me propõe um desafio. Entender como funciona o metrô. Você me fez pensar, menina, e também me informar.

O que eu descobri do metrô é que ele também tem sua história. Foi projetado ainda no século passado e teve sua primeira linha inaugurada em 1900, quando Paris sediou uma grande feira, chamada Exposição Universal. Ele cobre toda a cidade e seus trilhos são subterrâneos. Vem sendo constantemente ampliado e modernizado. Suas estações já ultrapassam os limites de Paris.

Nós vamos subir a uma colina. Você quer altura e antes de subir nós vamos descer. Vamos mergulhar no subsolo parisiense. Há trechos do metrô que passam por baixo do Sena. Vamos descer bem fundo e depois aflorar de novo à terra.

Mas ainda tenho um problema. Meu guia não nomeia as sete colinas de Paris. Fica difícil localizá-las. Folheio, ansioso, suas páginas, em busca de alguma dica. Deparo com uma foto da Basílica do "Sacré-Coeur", ou do Sagrado Coração na nossa língua, e sob ela a informação de que se localiza no outeiro de Montmartre. Um outeiro é uma colina, não é mesmo? Bom, esta igreja fica no alto de um morro e meu guia tem uma informação muito útil. Para chegar ao Sacré-Coeur, de metrô, o turista não deve se confundir, descendo na estação de Montmartre. Tem de descer numa estação chamada Anvers e em seguida usar um teleférico, um bondinho puxado por um cabo. Para o teleférico, pode-se usar o mesmo bilhete de metrô.

E agora, onde estávamos mesmo? Temos de achar a estação mais próxima. Vamos entrar terra adentro e sair na estação Anvers, reencontrar a luz do dia. E, então, com o teleférico, iniciar nossa ascensão às alturas. Me ajude, Melissa, você tem um mapa de metrô. O caminho é direto para Anvers? Ou vamos ter de saltar de uma linha para outra, fazendo alguma conexão?

Paulo

Paulo,

Sobrou para mim, hein, desvendar o enigma do metrô! Preciso me lembrar do lugar onde a gente estava. Ah, diante dos quadros de Van Gogh, aquele louco holandês, amarrado nos amarelos e nos azuis. Amarelo e azul. Dia e noite. O luminoso e o escuro. Assim como o roteiro que vamos empreender agora. Entrar dentro da terra escura e sair buscando o dia. Depois subir e chegar um passo mais perto do sol. Mas qual a estação de metrô mais próxima do Museu d'Orsay?

Bom, devemos continuar pelo "quai" Anatole France, em direção à Pont de la Concorde. Antes de chegarmos à ponte, há uma estação. Ela tem o nome de "Assemblée Nationale" e fica bem no início do boulevard Saint-Germain. Pronto para o mergulho? Vamos, então, começar nossa descida! E quem comanda, agora, sou eu!

Suponho que depois de descer as escadas da estação, vamos comprar nossos bilhetes em algum guichê. Mas é preciso saber qual é a linha de que faz parte esta estação. É a linha 12, que vai de Mairie d'Issy a Porte de la Chapelle. E aonde é que eu vou achar essa tal de Anvers? Há um tempão que eu estou procurando no mapa e não acho!

Ah, consegui! Está do outro lado do Sena, bem ao norte. Quer dizer que vamos passar por baixo do rio. Anvers está em outra linha, que vai de Porte Dauphine a Nation. O que significa que temos conexão. A conexão é em Pigalle. A gente desce em Pigalle e aí? Vamos mudar de linha, pegar outro trem que siga na linha 2 em direção a Nation. Complicado, mas já entendi. Anvers fica perto de Pigalle. É a primeira estação. A gente, neste segundo trem, não vai precisar nem sentar.

Acabamos de chegar. Saltamos do vagão e subimos a escada em direção à rua. Saímos, ufa!, num novo boulevard, com um nome tão engraçado: Rochechouart! Sigo com você até o teleférico. E lhe devolvo a bola. O metrô era comigo. Cumpri minha parte. Fiquei com o subterrâneo, o escuro, a noite, o azul. Cabe a você, Paulo Sérgio, nos conduzir pelo dia, rumo ao sol e ao amarelo. Confio em você!

Melissa

Companheira,

Segui você até aqui
de olhos fechados. Modo de dizer,
pois tive de prestar atenção nos degraus das escadas e nos corredores subterrâneos. Mas deixei que me guiasse,
sem tentar entender o que você
fazia. Na verdade, ia seguindo o
rastro de seu perfume. Ele vinha
de sua nuca e às vezes ficava bem
próximo de minha narina,
principalmente quando me
sentei ao seu lado, no mesmo
banco de metrô.

Anvers, Pigalle, não soam bonitos esses
nomes? Como é que você só foi notar o estranho
Rochechouart? Logo quando estava tão poética,
com certeza tocada pelas cores de Van Gogh. Nosso
percurso foi como uma viagem dentro de uma
pintura, atravessando o escuro azul para atingir
o deslumbrante amarelo. Você me deixa conduzi-
la para a luz! Que responsabilidade, Melissa!

Pronto, já deixamos o teleférico. Estamos
em Montmartre. Mais uma igreja no nosso
caminho, o Sacré-Coeur. É uma construção
branca, com uma cúpula arredondada e fica
no alto do outeiro. Se não tivéssemos usado o

teleférico, poderíamos ter subido os degraus de uma longa escadaria. De lá, podemos enxergar Paris a nossos pés, Melissa! Telhados a se perder de vista, entre torres pontudas e as cúpulas de outras muitas igrejas.

Quer ficar aqui, menina? Ou quer caminhar até uma pracinha logo atrás, onde pintores de rua se oferecerão para desenhar seu retrato ou recortar a silhueta de seu perfil com uma tesoura e uma cartolina preta? Há também os que fazem caricaturas. Em torno da praça, vários restaurantes, pequenos, aconchegantes. Que tal encomendar a um desses velhos artistas que adivinhe seu rosto, por trás desse véu lilás?

Seu,

Paulo Sérgio

Companheiro,

Não tenho vontade que alguém me faça um retrato, recorte minha silhueta ou zombe de mim por uma caricatura. Sabe do que eu gostaria? Vi uma vez, em um filme que se passa em Paris, um sujeito tocando um realejo, com um periquito amestrado que entregava a quem se interessasse um bilhete com uma mensagem. Podemos imaginar que esse sujeito está por Montmartre. Está ouvindo a musiquinha do realejo? Vamos seguindo em sua direção. Basta dobrar uma esquina. Lá está ele!

Ah, por favor, Paulo Sérgio, esqueça um pouco sua militância ecológica, não queira soltar o periquito. Pense que ele gosta do que faz e se afeiçoou ao seu dono. O dono é um velhinho magro, cheio de rugas. Quando sorri, deixa ver um dente de ouro. Ainda tem dentes verdadeiros, embora gastos, escuros e com algumas falhas. Usa uma boina azul e está nos chamando para que a gente chegue perto. O periquito tem uma mensagem para mim. Que pena que eu não sei francês! Será que você trouxe um dicionário? Vamos nos sentar em algum lugar. Em outro café. Num banco da igreja. Ou no degrau mais alto daquela escadaria diante do Sacré-Coeur. O que será que o velhinho do realejo tinha para mim?

Sua,

Melissa

Minha cara Melissa,

É claro que eu trouxe o meu dicionário. No bilhetinho que o periquito escolheu para você está escrito:

"Esta é a viagem mais feliz da sua vida. Não há cidade mais bonita, nem companhia mais agradável. Aproveite!".

Esta é a voz do destino. Se fosse você, aproveitaria! Olhe para mim, Melissa. Estou sentado ao seu lado. Estamos no degrau mais alto da escadaria. Paris, inteira, a nossos pés. Eu estou sorrindo. Você nota aquela minha covinha, que acha tão simpática. Estou falando seu nome, usando minha voz, que você considera a mais bonita da nossa turma. Faça alguma coisa, Melissa!

Todo seu,

Paulo

en savoir ≃ estar a par. *sf* longa (vogal).
lon.gé.vi.té [lõʒevit'e] *sf* longevidade; duração (da vida).
long.temps [lõt'ã] *adv* muito tempo; longamente.
lon.guet, ette [lõg'ε, α] *adj Coloq.* compridinho, arrastado, o maior lero-lero.
lon.gueur [lõg'œr] *sf* comprimento; duração; extensão. en ≃ de comprimento. ≃s delonga.
look [l'uk] *sm Coloq.* look, estilo, aparência.
lo.que [l'ok] *sf* farrapo; trapo; frangalho. *Fig.* moleirão, molenga.
lo.quet [lok'e] *sm* taramela; lingüeta; tranca; ferrolho; trinco.
lor.gner [lorñ'e] *vt* olhar de esguelha, de viés, de soslaio. *Fig.* cobiçar; invejar.

lon.gé.vi.té [lõʒevit'e] *sf* longevidade; duração (da vida).
lon.gi.tude [lõʒit'yd] *sf* longitude; distância.
lon.go.mé.trage [lõmetr'aʒ] *sm* longa arrendamento. ≃ d'ouvrage con trato de empreitada.
lou.bard ou lou.bar [lub'ar] *sm Coloq.* rebelde sem causa, adolescente, sacaninha.
lou.che [l'uʃ] *adj* equívoco; suspeito; estranho; estrábico, vesgo. *sf* concha (de sopa).
lou.cher [luʃ'e] *vi* ter estrabismo. *vt Coloq.* ficar de olho gordo, cobiçar. invejar.
lou.fo.que.rie [lufokr'i] *sf Coloq.* birutice, piração.
loui.se-bonne [luizb'on] *sf* pêra d'água.
loup [l'u] *sm* lobo. à pas de ≃ na ponta do pé. avoir une faim de ≃ estar com uma fome de leão.
loup-cer.vier [luserv'je] *sm* lince.
loupe [l'up] *sf* lupa; lente de aumento; quisto sebáceo. à la ≃ no microscópio, com atenção.

lou.bard ou lou.bar [lub'ar] *sm Coloq.* rebelde sem causa, adolescente, sacaninha.
lou.che [l'uʃ] *adj* equívoco; suspeito; estranho; estrábico, vesgo. *sf* concha (de sopa).
lou.cher [luʃ'e] *vi* ter estrabismo. *vt Coloq.* ficar de olho gordo, cobiçar, invejar.
louer [lu'e] *vt* louvar; alugar; reservar. *vpr* vaneloriar-se. eabar-se.
loui.se-bonne [luizb'on] *sf* pêra d'água.
loup [l'u] *sm* lobo. à pas de ≃ na ponta do pé. avoir une faim de ≃ estar com uma fome de leão.
loup-cer.vier [luserv'je] *sm* lince.
loupe [l'up] *sf* lupa; lente de aumento; quisto sebáceo. à la ≃ no microscópio, com atenção.

Paulo,

É evidente que eu tenho de fazer alguma coisa. Mas tenho uma certa dúvida. Será que o bilhete do velhinho do realejo quer dizer exatamente isso? Como vou confiar na sua tradução? Não será você quem está se aproveitando da situação? Quero apenas uma prova de que você não estava mentindo para mim. Então, tomarei a providência que eu devo.

Melissa

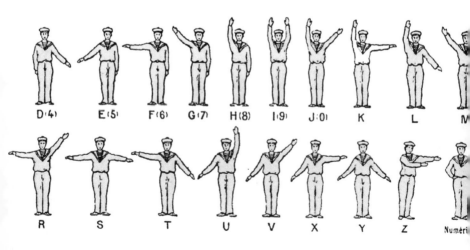

Melissa,

Sinto muito, mas não tenho como provar nada. Você acredita em mim ou não? Espero merecer sua confiança. E aí? O que vai fazer? Para não achar que estou forçando a barra, abusando da sua fraqueza, me calo. Fico mudo, não sorrio mais. Já não olho para você. Fixo a cidade à nossa frente e descubro que a beleza de Paris tem algo de melancólico. Acho que é por causa dessa infinidade de telhados acinzentados. Ou porque a tarde já começa a cair. O sol vai nos deixando, e a noite nos traz de volta nossos medos e nossa solidão.

Ainda seu,

Paulo

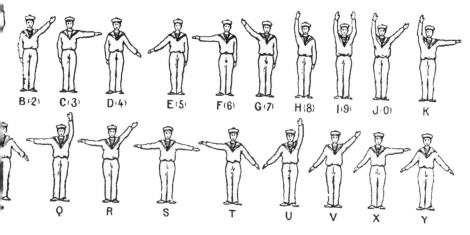

Paulo,

Paris está lá embaixo
nos olhando. No céu pinta
uma estrela, que eu reconheço.
É sempre ela, a primeira.
Em qualquer lugar, em qualquer céu. Ela me diz para
acreditar em você. Sabe qual o
gesto que eu quero fazer? Retiro o
véu do meu rosto, Paulo. Agora,
sou eu quem está lhe olhando de
frente.

Sua,

Melissa

De verdade, Melissa?

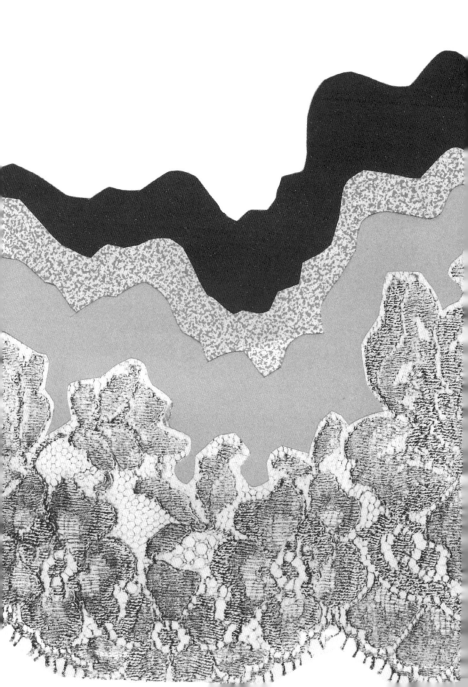

Meu caro Paulo,

Agora é você que não acredita em mim? Pois quem está esperando que você faça alguma coisa sou eu. Estou bem ao seu lado. O dia vai terminando e sinto um pouco de frio. Ajeito meu cabelo. Tiro aquela mecha da frente do meu olho. E olho para você. Também me desfaço das luvas, mesmo que elas protejam do frio. Tem uma estrela olhando para nós. Tem uma cidade olhando para nós. E você? O que vai fazer?

Sua,

Melissa

Melissa,

Quando você tirou seu véu, todas as luzes de Paris se acenderam. Ao mesmo tempo, tocaram os sinos do Sacré-Coeur. E lá embaixo, responderam os de Saint-Germain-des-Prés e os de Notre-Dame. E todos, todos os sinos das igrejas de Paris.

Não quero que você passe frio, Melissa, por isso puxo você para mim e a envolvo em meus braços. Beijo cada um de seus dedos nus. Aproximo meu rosto do seu e inalo bem de perto o seu perfume. Falo baixinho, murmurando, a boca colada à pele de sua orelha: este é um dia tão feliz para mim!

Paulo Sérgio

Paulo,

De repente, sinto uma vertigem. Medo de altura, de estar no degrau mais alto desta escadaria. E ainda vejo à minha frente um céu escurecido. Acho que ao medo da altura junta-se o medo da noite. E ainda tenho frio. O que nós estamos fazendo aqui, nesta noite estranha de Paris?

Melissa

Minha Melissa,

Acho que entendo você. A noite nos surpreendeu nas alturas desta escada. E você ainda sente frio. É natural sentir medo em um lugar que a gente não conhece. Perdemos as referências que a gente conquistou durante o dia. Perto daqui está Pigalle, com seus cabarés e sua diversão noturna. Mas não creio que seja o lugar mais adequado para levar você agora.

Venha comigo, eu abraço você, para que não sinta frio. Ainda não comemos nada em Paris. Vamos nos abrigar em um restaurante, vamos tomar vinho. A comida francesa é a mais famosa do mundo. Pense, Melissa, o que você gostaria de comer? Enquanto isto, vamos fazendo o caminho de volta. Teleférico, metrô. Vamos descer em um lugar alegre, iluminado. Champs-Elysées? Quartier Latin? Montparnasse?

Guarde no seu bolso, com muito carinho, a mensagem do realejo. Preste atenção nela. Não sinta medo. Aproveite e viva!

Seu,

Paulo Sérgio

Meu caro Paulo,

Por favor, me abrace, sim. Quero estar sentada com você neste metrô, bem perto de você. Quero sentir sua respiração junto de meus cabelos. Quero ter seus dedos cruzados com os meus. Já não tenho véu nem luvas. Preciso de calor e preciso de carinho. Está certo, vamos comer. Será que vou tomar vinho? Tenho medo de que minha cabeça comece a rodar. Onde a gente vai descer? O que a gente vai comer?

Sua,

Melissa

Melissa, minha querida,

Pode me abraçar bem gostoso. Todo meu calor é para você. Todos os meus carinhos, também. Sua cabeça não vai rodar, porque vamos tomar um bom vinho e comer um bom jantar. Sabe em que lugar vamos procurar um restaurante?

Em uma ilha! Nossa aventura começou na Ile de la Cité. Vamos terminar nossa noite na Ile de Saint-Louis.

Fica pertinho da outra. A Saint-Louis é menorzinha e até a Idade Média era composta de duas ilhotas, mas foram reunidas há mais de trezentos anos. Suas ruas e casas formam um conjunto homogêneo, clássico, calmo, com certeza, muito simpático. Há uma estação de metrô perto, chamada Pont Marie, que é também o nome de uma das pontes que vão dar na ilha.

Já, já vamos atravessar o Sena e escolher nosso restaurante. O meu guia fala das comidas francesas. Os vinhos mais recomendados são os tintos e vêm de diversas regiões, Bordeaux, Borgonha, Loire, Reno. São caros, mas podemos tomar uma taça cada um. Os franceses comem queijo depois das refeições e antes da sobremesa. São de leite de ovelha, de vaca ou de cabra. Alguns são queijos macios, como o "brie" e o "camembert". Antes do prato principal, vêm as entradas. As mais famosas são os patês de fígado de ganso e os escargots. O guia sugere dois pratos bem franceses: "andouillettes" (linguiças de porco) e "noisettes d'agneau" (pedaços de carneiro). Acho que já estou com fome. Você me acompanha?

Paulo Sérgio

Querido Paulo,

Sem dúvida, você tinha razão. Eu precisava mesmo jantar. E uma taça de vinho não faz rodar a cabeça de ninguém. Ainda mais acompanhada de "noisettes d'agneau". O restaurante ao qual você me trouxe é agradável e romântico. Comer à luz de velas, imagine! Adorei tudo. Enfim, é tão bom estar em Paris com você. Quero sair daqui, desta ilha, do mesmo jeito, bem abraçada a você. Sabe que já não sinto mais frio?

Sua,

Melissa

Melissa querida,

Eu me sinto cada vez mais feliz com suas cartas, embora elas estejam cada vez mais curtas. Acontece que você já me trata por querido e procura sozinha o meu abraço. A viagem por Paris se tornou uma grande curtição.

Quem poderia imaginar que a gente fosse tão longe? Talvez esteja na hora de voltar. Há meses que a gente se escreve. Há algum tempo que falamos de abraços, carinhos e da minha vontade de beijar você. Mas nunca nos vimos, Melissa, fora desta escola. Se estamos juntos, nunca conversamos com a mesma intimidade de nossas cartas. Não acha que é tempo de tentarmos pessoalmente um pouco do que conseguimos através deste sonho, escrito a cada página, no verso de cada cartão?

Hoje eu proponho uma pausa. Fora de Paris, fora dos bilhetes. Você quer se encontrar comigo?

Paulo Sérgio

Querido Paulo,

Nossas cartas me fazem tão bem. Ter vivido o sonho de Paris foi uma das coisas mais interessantes e bonitas que já me aconteceram. Por que você quer acabar com o nosso jogo? Logo você que demonstrou tanta paciência, esperando que a minha confiança se fortalecesse e eu aceitasse seus beijos e carinhos.

Ainda não quero voltar daqui. Estou me sentindo abandonada na ilha Saint-Louis. Estou atravessando sozinha a ponte Saint-Louis. Estou voltando para a Ile de la Cité. Tomando a direção de Notre-Dame. À noite, Notre-Dame se torna sombria, uma massa de pedra. Sopra um vento frio e mesmo assim eu caminho para lá. Terão deixado a porta aberta para que eu entre?

Melissa

Minha Melissa,

Você não está sozinha. Como uma sombra, eu a segui de uma ilha a outra. Faz frio. É noite. Notre-Dame está trancada. Nem Quasímodo nem Esmeralda abrirão para nós. A menos que você tenha alguma senha secreta. Se tiver e conseguir entrar, entrarei com você. Lá dentro, também deve estar frio. Frio das pedras, da noite e dos séculos. Talvez haja fantasmas, arrastando sua solidão e seus gemidos. Talvez sentiremos muito medo. Não importa. Eu estarei com você.

Melissa, a gente ainda pode sonhar muito. Não só com Paris. Não só através de nossos bilhetes. Imagine que podemos conversar. Pessoalmente. Horas a fio. Podemos caminhar juntos pelas ruas. Mas da nossa cidade. E até nos assentar num prosaico banco de praça. Entre pardais ou bem-te-vis. Se você sentir frio, eu a abraçarei. É claro que você não vai estar usando nenhum véu. Mas, se inventar outros sonhos e outros véus, vou participar de todas as suas aventuras.

Então, estou com você. É noite em Paris e Notre-Dame está fechada. Continuamos neste sonho ou você me dá um sinal para que a gente invente um outro tipo de alegria?

Seu, de verdade,

Paulo Sérgio

Paulo,

Hesitei a noite inteira em pedir a Quasímodo que nos abrisse a porta. Poderíamos ter entrado, se eu me dispusesse a lembrar da senha. Teríamos uma noite de sustos e fantasmas. Órgão tocando. Muitas vozes rezando e suplicando. Velas que se acendem e se apagam sozinhas. Passos que trazem o peso dos séculos. Madeira rangendo e estalando. E tudo seria motivo para que você me abraçasse cada vez mais forte.

Eu não sei de verdade como é o seu abraço. Eu tenho medo de viver fora dos meus sonhos. Fui suficientemente doida para começar tudo isto, mas morro de medo de ir além. De acordar, fora destes escritos, longe de Paris, fora do portão de nossa escola. De segurar de verdade a sua mão.

Pois aconteceu que atravessamos a noite na porta da catedral. Veio a madrugada e o dia já está nascendo. Logo vão abrir as portas para as primeiras orações, antes que venham os turistas. Lembra-se daquela violeta que mandei para você em uma de minhas primeiras cartas? O vaso deu novas flores e recolhi uma pétala, antes que murchasse. Esta pétala de violeta vem da área da minha casa. Fui eu mesma que plantei um dia. Eu também gosto da natureza, Paulo. Por que você não me deixa chamá-lo de Paulinho? Estou mandando para você esta pétala de violeta. É um convite para que você me encontre depois da aula na pracinha perto da escola.

Hoje, vou assinar como antigamente. Porque, com certeza, você não conhece a verdadeira Melissa.

A Ignorada

DE PARIS, COM AMOR

LINO DE ALBERGARIA

■Bate-papo inicial

Sem coragem para aproximar-se de Paulo Sérgio, Melissa deixa um bilhete dentro do caderno dele... É o ponto de partida para uma envolvente viagem de fantasia, autoconhecimento e descoberta do amor.

■ Analisando o texto

"Será que você é capaz de sonhar como eu?"

1. Cartas podem ser usadas como pontes entre as pessoas, desde que elas queiram. Melissa lançou a ideia; Paulo Sérgio aceitou. Mas no início, o jogo é de sondagem e adivinhação. Os termos de abertura e fechamento das cartas refletem esse clima? Por que eles mudam depois?

R.

2. Há uma história, mas ela não é contada por um narrador convencional. Melissa e Paulo são sujeitos criadores de um sonho comum. No faz de conta dos dois vale uma regra: em plena cidade desconhecida/sonhada, e inspirados pelos cartões-postais, os dois constroem o sonho, pois um dá o mote e o outro continua, trocando sempre de papel.

a) Na história, que efeito essa forma de construção produz?

R.

b) Que importância esse jogo tem para eles?

R.

c) Observe agora o texto inteiro e, em particular, a pontuação. Explique o emprego dos pontos de interrogação.

R.

8. Apesar de narrarem em seus postais uma viagem imaginária, Paulo Sérgio e Melissa são capazes de incluir nela detalhes de lugares e pessoas da cidade, como neste trecho, em que Melissa fala do velhinho do realejo: "O dono é um velhinho magro, cheio de rugas. Quando sorri, deixa ver um dente de ouro. Ainda tem dentes verdadeiros, embora gastos, escuros e com algumas falhas. Usa uma boina azul e está nos chamando para que a gente chegue perto". Que efeito essa descrição detalhada produz em quem está lendo?

R.

■ Redigindo

9. Procure num caderno de turismo de jornal, numa revista ou num folheto de agência de viagens um lugar que você gostaria de conhecer. Trace um roteiro de passeio. Imagine as ruas, praças, construções, as pessoas, o momento do dia (plena luz, entardecer, manhãzinha?), a temperatura, os sons da cidade... Entre nesse sonho e descreva-o.

10. Peça a seu professor para organizar uma troca de postais entre os alunos de sua turma. Para o jogo ficar bem interessante, imagine que está no lugar retratado e envie uma mensagem para seu colega... de lá!

6. E você, sonhou com Paris? Procure no mapa da cidade os locais que o(a) deixaram mais curioso(a) e conte o porquê.

R. _____

_____

_____

_____

Linguagem

7. Releia esta cartinha de Paulo Sérgio:

"Minha Melissa,

A gente voltou a se entender e isso é ótimo. Mas esta viagem não é unicamente o meu sonho, a minha imaginação. *Estamos* sonhando e imaginando juntos. Muitas vezes é você quem me conduz. Eu apenas tenho o guia, que me fornece as informações mais corretas. O resto é a *nossa* vontade de estar juntos, explorando uma cidade desconhecida. E então? Decida você. O que *faremos* agora?

Todo seu,

Paulo"

a) Observe os termos destacados: um deles destoa dos outros. Qual é ele? É possível mudá-lo para conseguir uniformidade de tratamento?

R. _____

_____

_____

_____

b) O uso dessa linguagem é coerente com os personagens e com o tipo de texto escrito por eles?

R. _____

_____

_____

_____

c) E na vida real, você acha que o jovem lida bem com o amor? É comum o uso da fantasia para vencer dificuldades de relacionamento?

R. _____

_____

_____

3. A história de Paulo Sérgio e Melissa vai sendo construída por movimentos de avanços e recuos. Quem sempre começa? Quem avança? Quem recua? Em que situações?

R. _____

_____

_____

_____

_____

4. O tempo da fantasia de Paulo Sérgio e Melissa é da manhã até o anoitecer, um dia após o outro, mês após mês. Em um momento da história, quando tudo parece enfim estar bem, Melissa é tomada de um medo muito forte. Pode-se dizer que esse é o momento mais tenso de toda a história?

R. _____

_____

_____

_____

5. Com todos esses movimentos, foi possível prever o desfecho ou ele foi de alguma forma surpreendente?

R._____

_____

_____

_____

_____

11. Escolha uma das sugestões abaixo e faça um mapa turístico:
* de sua cidade — localize o centro e as regiões para depois desenhar os museus, as igrejas, as praças, os parques;
* de seu bairro — ruas, igrejas, parques, praças, centro cultural e esportivo, clube, biblioteca, escola;
* de seu interesse — cinemas, danceterias, *shoppings* e outros pontos de encontro da turma.

Faça legendas e redija um roteiro interessante para seus possíveis turistas. (Professor, o colega de geografia pode auxiliar o aluno nesta atividade, orientando-o a localizar corretamente os pontos turísticos nas regiões desejadas.)

12. Redija um texto dando sua opinião sobre os diversos tipos de relacionamento afetivo entre os jovens hoje.

Para qualquer comunicação sobre a obra, entre em contato:

SARAIVA Educação S.A.
Avenida das Nações Unidas, 7.221 – Pinheiros
CEP 05425-902 – São Paulo – SP
www.editorasaraiva.com.br

Tel.: (0xx11) 4003-3061
atendimento@aticascipione.com.br

Escola: _____

Nome: _____

_____

Ano: _____ Número: _____

Melissa,

Foi bom ver o dia nascer na ilha, assentados à porta da igreja. Foi maravilhoso receber seu sinal — o convite para a aventura na nossa pracinha.

O melhor de tudo, Melissa, foi começar a conhecer você de verdade. Não podia imaginar que, fora das cartas, eu fosse tão tímido. Mas foi bom demais, menina, quando você me beijou! E eu que mil vezes imaginei que ia lhe roubar o primeiro beijo. Mas tem sido sempre assim: quem começa é você. E quem logo embarca sou eu.

Você já pensou que daqui a mais alguns dias começam as férias e cada um de nós vai viajar para um canto diferente? E a gente vai poder curtir as saudades, fazendo o que a gente aprendeu neste semestre: a escrever um para o outro.

Hoje sou um cara diferente. E já que me tornei um outro, ex-ignorada, também tenho de mudar minha assinatura

Seu, todo seu,

Paulinho

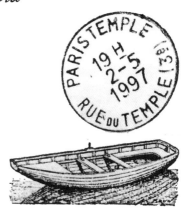

Há muito tempo e durante três anos eu vivi em Paris. Talvez tenha sido a grande aventura de minha vida. Não tenho certeza disso, porque logo que eu voltei para o Brasil embarquei em outra aventura, começando a escrever livros. Entre os muitos que fiz, nunca tinha escrito sobre Paris. Muitas vezes me perguntaram: por quê? Agora posso responder. Ainda não era tempo. A hora chegou, quando juntei à lembrança da cidade a ideia das cartas e de uma história de amor. Pois que outro cenário se presta tanto ao amor? E escrever cartas não é um jeito de revelarmos nossas intimidades e nossos mistérios? Aí estão, portanto, Paulo Sérgio e Melissa, cada um descobrindo o outro através de mapas, guias, postais e da própria imaginação. Com a audácia e o medo de quem procura e se entrega. Através de ruas que eles não conhecem, mas que muitas vezes percorri. O tempo passou e eu também precisei dar uma olhadela nos mapas para recuperar a memória da França. Mas foi um prazer reencontrar o Sena e suas ilhas, mergulhar nos labirintos do metrô, subir ao Montmartre e rever os telhados e as torres, na companhia deste casal enamorado.